W0387435

DreamWorks

Spirit

AU GALOP EN TOUTE LIBERTÉ

Le bal de Miradero

DreamWorks Spirit Riding Free © 2020 DreamWorks Animation LLC.
All Rights Reserved.

© Hachette Livre, 2020 pour la présente édition.

Novélisation : Christelle Chatel.
Conception graphique du roman et mise en pages : Studio Blick.

Hachette Livre, 58, rue Jean-Bleuzen, 92178 Vanves Cedex.

DreamWorks

Spirit

AU GALOP EN TOUTE LIBERTÉ

Le bal de Miradero

hachette JEUNESSE

Lucky et Spirit

Lucky a 12 ans et elle n'a peur de rien ! Déterminée, courageuse et intrépide, elle aime se surpasser et inspire beaucoup ses amis et son cheval, Spirit.

Spirit est très indépendant et ne se laisse monter que par Lucky, qui a su gagner sa confiance.

Apolline et Chica Linda

Apo, pour les intimes, est une cavalière hors pair. Normal : elle connaît tout sur les chevaux ! Cette jeune fille brillante a très bien dressé sa jument. Chica Linda est élégante et sait réaliser de très belles figures. Elle est également rapide et audacieuse, comme Apo !

Abigaëlle et Boomerang

Abigaëlle est la plus bavarde du trio ! Constamment de bonne humeur, elle est gentille et toujours prête à rendre service à ses amies ! Son cheval, Boomerang, est aussi joyeux qu'elle. Il adore rire et manger !

La harde

– Enfin libre !

Sur le perron de la maison des Prescott, Lucky savoure, après une semaine d'interdiction de sortie, la levée de sa punition. Comme chaque matin, Spirit est là. Il la guettait, et fête avec elle sa libération par des hennissements sonores en la rejoignant sur les marches de la terrasse.

– Moi aussi, je suis heureuse de te retrouver, mon beau ! rit Lucky tandis que son mustang frotte son nez contre son cou.

– Hum, hum ! intervient Tante Cora. Méfie-toi de ne pas être punie à nouveau, jeune fille, si ce cheval ne quitte pas sur-le-champ l'entrée de cette maison !

– Oui, oui ! assure Lucky, qui a toutes les peines du monde à faire reculer Spirit, sans doute attiré par la bonne odeur des pancakes provenant de la cuisine.

Enfin, elle parvient à l'emmener dans le jardin.

– Nous allons faire la surprise à Apo et Abigaëlle ! murmure la cavalière à son cheval sauvage.

Une demi-heure plus tard, les trois inséparables de Miradero galopent sur leurs montures, cheveux au vent, à travers la forêt.

– Yiha ! lance Lucky, folle de joie, en tentant de prendre la tête.

Mais la jument Chica Linda ne se laisse pas distancer. Comme sa cavalière, elle adore la compétition.

– Youhou ! Fonce ma belle ! l'encourage Apo.

– Plus vite, Boomerang ! renchérit Abigaëlle.

Finalement, Spirit atteint le premier le sommet d'une colline. Il est trop impatient de montrer à Lucky sa harde de chevaux sauvages qui paissent tranquillement dans la prairie, juste en dessous.

– Waouh ! s'exclame Lucky. Tout ton troupeau est là !

Puis elle saute à terre et le laisse rejoindre ses compères, avec Chica Linda et Boomerang.

– Tout est si beau, ici ! s'extasie Lucky, entourée de ses amies. J'ai l'impression que l'herbe est encore plus verte que la dernière fois.

– Tu n'exagères pas un peu ? la taquine Apo. Nous sommes venues mercredi dernier, la végétation n'a pas pu changer si vite !

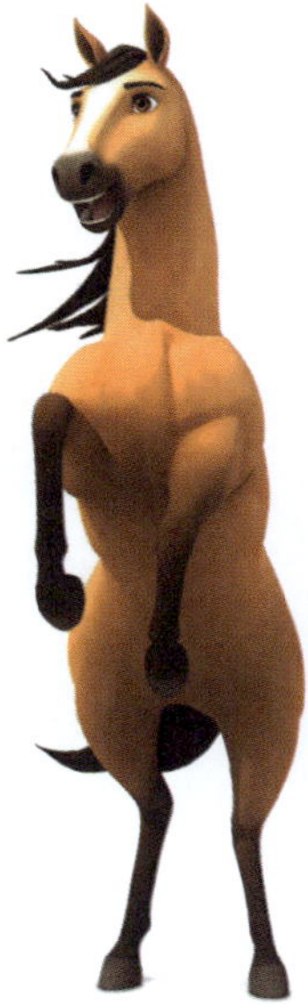

Les trois filles s'avancent vers les mustangs quand, soudain, l'un d'eux – un mâle gris pommelé –, hennit et leur barre le passage.

– Oh ! Attention ! prévient Apo. Pas de mouvement brusque… On recule, les filles.

Heureusement, le mâle gris se calme. Lucky s'étonne de la réaction du mustang, mais Apo note que la harde était immobile, juste avant qu'elles n'approchent.

– Quand les chevaux restent ainsi, sur le qui-vive, cela signifie qu'ils vont charger ou qu'ils s'apprêtent à s'enfuir…

– On a dû leur faire peur en débarquant comme ça ! s'affole Abigaëlle.

Et elle leur crie aussitôt, les mains en porte-voix :

– Pardon ! Je suis désolée !

– Chut ! Abigaëlle, tu es folle ! la gronde Apo en surveillant les chevaux qui trottent maintenant tranquillement dans la prairie.

– Je suis désolée, répète son amie tout bas.

Apo ne comprend pas pourquoi la harde ne s'est tout simplement pas enfuie à leur approche.

– Les chevaux nous ont peut-être reconnues ? suggère Abigaëlle.

Mais Apo, perplexe, continue à observer les chevaux

sauvages, quand, tout à coup, son regard est attiré par l'un d'eux, plus calme, au ventre proéminent.

– Mais oui, bien sûr ! Cette jument attend un petit ! s'écrie-t-elle. Elle va même pouliner d'un jour à l'autre !

– Comment le sais-tu ? s'étonne Lucky, épatée.

– J'ai toujours aidé mes parents à faire naître les poulains… explique son amie. Et quand je vois comme le ventre de cette jument est gros et la façon dont elle se déplace, je n'ai pas de doute.

Lucky n'en revient pas. Un poulain va bientôt naître dans la harde de Spirit !

– Si c'est une fille, on l'appellera… Banane ! s'enthousiasme Abigaëlle. Et si c'est un garçon, on l'appellera… aussi Banane !

Chapitre 2

Invitées d'honneur

De retour à l'écurie Granger, les filles n'en reviennent toujours pas de l'événement qui se prépare.

Tout en installant Chica Linda dans son box, l'experte Apo détaille tout ce qu'il faut savoir sur un poulain qui vient de naître :

– Il est tellement mignon avec ses jambes toutes fines ! décrit-elle,

attendrie, comme si elle le voyait. Il a du mal à tenir en équilibre… C'est vraiment craquant !

Lucky meurt d'envie de retourner dès que possible dans la prairie…

– Ce serait dommage de rater…

– Rater quoi ? l'interrompt M. Granger en pénétrant à cet instant dans la grange.

Apo lui explique qu'une des juments sauvages du troupeau de Spirit va bientôt pouliner.

– Tu crois que Maman pourrait aller la voir pour s'assurer qu'elle est en bonne santé ? demande-t-elle à son père.

– Ta mère a été appelée en urgence chez les Visser pour soigner un couple de chèvres, l'avertit ce dernier. Mais je pourrais vous accompagner là-bas en fin de journée, si vous voulez...

– Oh oui ! s'écrient en chœur les cavalières.

Il faut à présent que Lucky prévienne Tante Cora...

Le temps de traverser la ville, elle surgit avec ses amies dans le salon des

Prescott dans un tourbillon de rires et de cris.

– Aaaaah ! s'affole Tante Cora en sursautant devant sa machine à coudre, avant de réprimander ces trois effrontées pour leur irruption inconvenante.

– Pardon, nous n'avons pas fait exprès… s'excuse Lucky.

– Je vais devoir recommencer tout mon ourlet ! peste sa tante tandis que les trois complices prennent sagement place dans les fauteuils, l'oie Carly volant de l'une à l'autre.

– Et que cousez-vous, Mademoiselle Cora ? l'interroge Abigaëlle.

– Un nouveau gilet pour M. Prescott, répond la tante de Lucky. Il le portera au bal du gouverneur !

– J'ai bien entendu ? s'écrie Apo.

– Un bal ? renchérit Abigaëlle, les yeux écarquillés de surprise.

Et Lucky s'étonne :

– Pourquoi ne m'avez-vous rien dit, Papa et toi ?

Mais sa tante lui assure que son père y a fait allusion la veille, au dîner.

– Tu ne l'écoutais pas ? s'étonne-t-elle.

– Si… enfin… non ! avoue Lucky, penaude.

Tante Cora quitte un instant son ouvrage pour raconter, très fière, que le nouveau gouverneur a été très impressionné en apprenant l'avancée des travaux du chemin de fer menés par Jim Prescott.

– Il a décidé de venir à Miradero pour le constater par lui-même. Ton père prononcera un discours de bienvenue…

– Et il y aura de belles calèches, des lumières, et tu porteras une merveilleuse robe de bal, Lucky ! rêve déjà Abigaëlle.

– Vous en porterez une… toutes les trois ! rectifie Tante Cora. J'ai déjà prévenu vos parents, Apolline et Abigaëlle. Vous êtes invitées, et nous ferons ensemble une entrée très remarquée au bal du gouverneur !

Médusée, Abigaëlle s'immobilise telle une statue. Apo passe une main devant ses yeux pour vérifier qu'elle va bien.

Enfin, son amie se remet à bouger et souffle, un sourire béat aux lèvres :

– Vous êtes ma bonne fée, Tante Cora.

Le grand soir va vite arriver ! Juste après le déjeuner, Cora Prescott emmène les jeunes invitées d'honneur choisir avec elle le tissu de leurs robes. Chez l'épicier, c'est à Lucky de jouer l'experte… en bal !

– On danse, on mange des petits gâteaux et on voit parfois de vieux messieurs perdre leurs perruques ! glousse-t-elle.

– Lucky ! gronde sa tante. Tu devrais prendre cet événement si important pour notre ville plus au sérieux !

Puis elle poursuit, un rouleau de tissu dans chaque main, tandis que les demoiselles choisissent des rubans :

– Il va falloir vous préparer, jeunes filles. Rassurez-vous, je vous apprendrai le maintien, la révérence, et comment maîtriser la valse ! ajoute-t-elle en esquissant des pas de danse.

– C'est très gentil, Tante Cora, la remercie Lucky, mais nous nous débrouillerons très bien toutes seules…

Et sans relever la moue vexée de sa tante, elle propose à ses amies de commencer par déguster une bonne coupe glacée.

– « Glacée » ! s'écrie Abigaëlle. Voilà un joli nom pour le poulain !

Vite, elle le note dans sa liste.

Une fois Tante Cora partie, Apo et Abigaëlle, attablées devant leurs glaces couvertes de crème Chantilly, interrogent Lucky : pourquoi faut-il se préparer pour ce bal ?

– Oh, il faut juste faire deux ou trois choses agaçantes avant de s'amuser vraiment… répond leur amie en levant les yeux au ciel.

– Ces choses « agaçantes » sont justement les plus amusantes ! retentit alors une voix à l'autre bout du comptoir.

– Bonjour Maricela ! répondent les filles.

La fille du maire toise Apo et Abigaëlle. Il ne lui semble pas avoir vu leurs noms sur la liste des invités du bal…

– C'est normal, précise Lucky. Apo et Abigaëlle nous accompagneront, ma famille et moi, en tant qu'invitées d'honneur !

Les narines de Maricela frémissent d'horreur. Quand elle observe la façon dont les filles engloutissent leurs glaces, elle a du mal à le croire !

– On va porter des robes de princesse, rencontrer le gouverneur et monter dans des calèches citrouille ! se vante Abigaëlle.

– Je me prépare depuis ma naissance à cet événement ! soupire la fille du maire. C'est vraiment injuste de voir que deux filles aussi raffinées que deux bœufs musqués sont invitées !

Lucky se demande si Maricela ne serait pas jalouse…

– Je devrais peut-être lui proposer de venir au bal avec nous en tant qu'invitée d'honneur, elle aussi ? chuchote-t-elle à Abigaëlle, qui approuve aussitôt.

Pendant que Maricela sirote sa boisson du bout des lèvres, Lucky s'approche et lui glisse à l'oreille :

– Cela te dirait d'arriver au bal avec nous et d'être présentée au gouverneur ?

L'élégante se redresse sur son tabouret, puis observe Apo qui gobe sa cerise, et Abigaëlle

qui vient de renverser de la crème sur la table.

– Euh, non merci ! finit-elle par répondre. Je préfère arriver seule pour faire bonne impression !

Et sur ces mots, Maricela quitte l'épicerie. Abigaëlle ne comprend pas. Comment peut-on décevoir le gouverneur ?

– Mais oui ! s'affole-t-elle soudain. Imaginez que je tombe ou que je me trompe dans la chanson de bienvenue !

– La chanson de bienvenue ? s'étrangle Apo. Mais je ne la connais pas, moi !

Lucky rassure ses amies. Maricela les taquine, et il n'y a aucune raison de paniquer. Grâce à son expérience, elle va leur apprendre tout ce qu'il faut savoir avant d'assister au bal.

– Et pour commencer, il n'y a pas de « chanson de bienvenue »...

Le cours de bonnes manières

Dans la rue, avant de remonter en selle, Lucky énumère tout ce qu'elle peut apprendre à ses amies : bien se comporter en société, mener une discussion, danser et manger comme une personne distinguée…

– Il faut lever son petit doigt comme ça ? demande Abigaëlle en tenant un cornet surmonté d'une boule de glace vanille, l'auriculaire dressé.

– Oui, enfin... pas seulement... répond Lucky, tandis que Boomerang en profite pour lécher la glace.

Apo se convainc que c'est un jeu d'enfant !

– Je sais parler, je sais marcher...

– Oui, mais parler et marcher en portant une robe ? la défie Abigaëlle.

La cavalière grimace. Elle déteste les robes ! Mais aussitôt, elle serre les poings et se sent prête à relever le défi.

– J'ai hâte de voir la tête de Maricela quand elle verra que je peux être raffinée ! rugit-elle.

– Euh... Là, maintenant, tu n'es pas très distinguée, Apo, commente Lucky.

– C'est parce que nous ne sommes pas encore arrivées au bal ! réplique son amie avant de presser les deux autres pour débuter ce cours de bonnes manières. Et en fin d'après-midi, nous irons voir la jument avec mon père !

Quelques minutes plus tard, depuis l'étage de sa maison, Lucky

annonce l'ouverture officielle des cours de maintien Prescott.

En bas de l'escalier, Apo et Abigaëlle guettent fébrilement sa première leçon.

– Le meilleur moment du bal, ce sera notre « grande entrée » devant tous les invités, commence Lucky en descendant les marches, les bras écartés avec grâce, avant de terminer

par une superbe révérence au gouverneur.

Ses élèves applaudissent, impressionnées.

– Abigaëlle, c'est à toi ! l'encourage Lucky.

Son amie rougit et monte sur le palier, les mains jointes, toute penaude.

– Tante Cora dit toujours qu'une jeune fille doit voler comme un cygne quand elle se déplace, explique Lucky. Ne regarde surtout pas tes pieds !

– Mais… comment je vais savoir où les poser ? s'affole Abigaëlle.

– Tu vas y arriver ! lui assure son professeur. Prête ?

– Je crois, répond Abigaëlle d'une toute petite voix, en lançant une jambe… dans le vide. Aaaah !

La jeune fille dévale les escaliers sur les fesses, et finit sa chute allongée sur le tapis.

– Tout va bien ? s'inquiètent Lucky et Apo.

– Oui, mais je pense que les cygnes doivent souvent avoir des accidents ! souffle Abigaëlle.

Il va falloir trouver un autre exercice…

Dans le jardin, Lucky demande à Abigaëlle de marcher la tête droite, le regard fier, une main sur le flanc de Boomerang qui l'accompagne au pas. Tout se passe bien... jusqu'à ce que la jeune élève trébuche contre un buisson.

– Bien ! conclut Lucky. Nous allons plutôt essayer de travailler notre conversation !

Elle s'attable face à Apo, une tasse de thé posée devant chacune d'elles. Abigaëlle s'approche.

– Imaginez que je suis le gouverneur, dit Lucky avant de prendre une grosse voix pour s'adresser à Abigaëlle : Bonjour mademoiselle, comment vous sentez-vous, ce soir, très chère ?

– Tip top ! répond la jeune fille, tout sourire. Gracias, gouverneur !

Lucky retient un fou rire tandis que son amie poursuit en minaudant :

– Et vous ? Comment trouvez-vous ma robe de bal ? Nous avons dû changer la fermeture, car mon frère s'était coincé les cheveux dedans !

– Ha ! Ha ! s'esclaffe Lucky. C'est sûr que tu feras forte impression !

Puis elle invite Apo à surprendre le public à son tour.

– Le « public » ? répète Apo en se levant d'un bond de sa chaise. Je croyais que je devais juste parler au gouverneur !

– Oui, mais ceux qui le regarderont… te regarderont aussi ! réplique malicieusement Lucky.

Pour Apo, qui souffre d'un trac monstrueux dès qu'elle doit s'exprimer devant du monde, c'est une très mauvaise nouvelle.

– Penses-tu qu'ils regarderont ailleurs, tous ces gens, si je leur demande gentiment ? susurre-t-elle, toute pâle.

Lucky la rassure. Elle n'a qu'à choisir un sujet facile, comme le temps qu'il fait !

Apo se concentre, mais au moment de parler…

– Hiiii.

Aucun son, ou presque, ne sort de sa bouche. La sentant toute crispée, Lucky propose de faire une pause.

– Ton père doit nous attendre pour aller voir la jument, Apo. Allez, en selle, les filles !

Une jument en danger ?

Guidés par Spirit, Al Granger et les cavalières galopent entre les sapins pour retrouver la harde des mustangs sauvages. En selle sur Chica Linda, Apo a retrouvé son assurance habituelle et presse son père en apercevant le troupeau, au milieu d'une clairière.

– Ils sont là ! Dépêche-toi, Papa !

L'éleveur descend de cheval et fait signe à Lucky et ses amies de ne pas faire de bruit. Il s'avance lentement avec elles et leurs montures, puis leur demande de ne plus bouger, à l'abri derrière des buissons.

– Je vois la jument ! murmure Apo.

Lucky est incapable de la reconnaître d'aussi loin.

– Et comment peut-on savoir si elle va bien ? s'inquiète Abigaëlle.

Le père d'Apo laisse Spirit rejoindre la harde. Il observe les bêtes avec attention.

– Qu'est-ce que tu en penses ? l'interroge Apo, inquiète pour la future maman.

– Je vais essayer d'isoler la jument du reste du troupeau, dit M. Granger. Attendez-moi ici…

Mais à peine a-t-il fait quelques pas que le mustang gris pommelé, protecteur de la harde, hennit et fonce vers lui !

– Aaah ! crie M. Granger en tombant sur le sol, une main devant son visage pour parer les coups de sabots du cheval qui se cabre.

– Papa ! s'affole Apo, tandis que Spirit s'interpose devant le mustang qui repose ses sabots au sol.

Le cheval de Lucky, les oreilles couchées et montrant ses dents, fait reculer son rival. Le reste du troupeau s'éloigne aussi, et M. Granger se

relève, un peu secoué. Apo se précipite dans ses bras.

– Tout va bien, ma grande, la rassure son père en ôtant la poussière de ses vêtements.

– Et la jument ? Tu as réussi à l'observer ?

– Un tout petit peu…

M. Granger ne cache pas son inquiétude.

– J'ai l'impression qu'elle a du mal à respirer, glisse-t-il.

– Oh non ! s'écrie Abigaëlle.

– Comment peut-on l'aider ? demande Lucky.

Le père d'Apo est désolé, mais ils ne peuvent rien faire de plus. La harde ne les laissera jamais s'approcher…

– Des juments mettent bas tous les jours dans la nature, dit-il. Il faut espérer que tout se déroulera normalement pendant la naissance du poulain…

Spirit semble écouter avec attention le père d'Apo, lui aussi. Le soir, à l'écurie, il tourne sans cesse la tête vers la plaine.

– Je sais que tu t'inquiètes pour ton troupeau, lui souffle Lucky.

Elle le caresse avec affection, et l'encourage :

– Retourne auprès des tiens, ils auront peut-être besoin de toi.

Spirit incline la tête, et souffle par les naseaux.

– Allez, mon beau, lui murmure Lucky.

Et elle ajoute, juste avant qu'il ne galope vers l'horizon :

– Viens me chercher s'il y a un problème ! Je serai toujours là pour toi…

Le lendemain matin, il faut continuer à se préparer pour le bal. Le professeur Lucky Prescott donne cette fois son cours de maintien en plein centre-ville, pour une mise en condition.

– Abigaëlle, montre-nous comment tu descends les marches de la mairie, l'encourage-t-elle. Et rappelle-toi...

– Je dois voler comme un... cygne ! crie son élève en exécutant une chute grotesque.

Qu'à cela ne tienne : Lucky va maintenant tester Apo en matière de conversation. Devant le bâtiment, les dames de Miradero préparent les fanions pour l'arrivée du gouverneur. L'une d'elles, Althea Bradley, se tourne vers la jeune élève de Lucky, tétanisée.

– Comment vas-tu ma grande ? la questionne-t-elle. Et ta jolie jument ?

Apo s'applique à répondre, un sourire timide aux lèvres :

– Nous nous préparons, Chica Linda et moi, pour un concours hippique qui… qui… je…

D'autres jeunes femmes s'approchent pour écouter la cavalière qui sent les mots se coincer dans sa gorge.

– Woh ! s'écrie alors Abigaëlle après avoir fait une seconde tentative de descente des marches sans regarder ses pieds.

Elle entraîne Apo avec elle dans sa chute, et Althea rit de bon cœur en les aidant à se relever.

– Il vaut mieux tomber ainsi plutôt que du haut de sa selle, commente-t-elle gentiment, avant de s'éloigner.

Lucky est encore plus désolée que ses amies.

– Finalement, je ne suis pas aussi douée que je le pensais pour vous apprendre les bonnes manières… avoue-t-elle.

– Ce n'est pas toi le problème, mais tes élèves, commente Maricela qui a assisté à toute la scène. Oublie l'empotée et la balourde, et viens plutôt avec moi au bal !

Et avant de partir, elle lâche, cinglante :

– Au moins, tu ne seras pas humiliée !

Apo se retient de ne pas l'étrangler, et Abigaëlle se désole.

– Comment allons-nous faire, Lucky ?

Son amie sait qu'elle n'a plus le choix. Il n'y a qu'une personne qui peut encore sauver leur arrivée au bal…

Tante Cora entre en action !

Dans le salon des Prescott, fièrement assise dans son fauteuil, Tante Cora savoure ce moment, son oie Carly sur ses genoux. Finalement, les filles ont besoin d'elle !

Avec grâce et solennité, elle se lève et laisse filer Carly, avant d'annoncer :

– Apolline, Abigaëlle, je serai très heureuse de vous enseigner tout ce que je sais…

Sa nièce essaie de se faire aussi petite que possible et tente de s'éclipser discrètement, mais…

– Quant à toi, Lucky… l'appelle Tante Cora, cela ne te fera pas de mal de réviser tes bonnes manières !

La cavalière boude un peu. La journée risque d'être longue !

– Première leçon : la révérence ! commence Tante Cora.

Abigaëlle et Apo effectuent à tour de rôle un essai… totalement raté. Leur professeur réalise alors une démonstration en leur dévoilant son secret pour réussir parfaitement le mouvement.

– Imaginez que vous êtes si légères que vous pourriez vous asseoir sur le plus doux des nuages !

Les jeunes filles se concentrent, plient les genoux, s'inclinent, quand tout à coup…

– Oh !

Abigaëlle perd l'équilibre et entraîne ses amies avec elle dans une posture peu flatteuse.

– Continuons tout de suite avec la leçon numéro 2, propose Tante Cora. La posture !

Dans le jardin, un livre posé sur la tête, les élèves doivent se figurer qu'une corde est tendue dans leur dos et qu'elle tire sur leur colonne vertébrale vers le ciel.

– Redressez-vous ! ordonne le professeur Cora. Les épaules en arrière, la tête haute et rentrez le ventre !

Les filles s'efforcent de tout retenir, et s'avancent les unes derrière les autres.

– Bien, Lucky, commente Tante Cora.

Apo est un peu plus chancelante, mais elle parvient à ne pas faire tomber son livre. Quant à Abigaëlle, elle fait un pas et pose aussitôt sa main sur l'ouvrage, en décochant un clin d'œil à son professeur.

– Hi, hi ! rit-elle. C'est quand même plus facile, comme ça !

Tante Cora soupire. Pourtant, elle ne désespère pas…

Peu après, elle continue avec sa leçon numéro 3 : la conversation.

Attablée face à Apo dans la cuisine, la tante de Lucky a posé un chapeau près d'elle.

– Quand je poserai ce haut-de-forme sur ma tête, je deviendrai le gouverneur. Compris, Apolline ?

La jeune fille acquiesce.

– Tu devras t'imaginer au bal, en pleine discussion en public…

poursuit Tante Cora, dont les paroles font aussitôt blêmir sa jeune élève.

Le professeur toussote, puis prend une grosse voix et lance :

– Dites-moi, mademoiselle Granger, quel sujet étudiez-vous en ce moment à l'école ?

Apo répond spontanément :

– Ces jours-ci, nous avons abordé le système solaire, ce qui est très intéressant car… Ah ! Le gou… gou…

La tante de Lucky vient de poser le haut-de-forme sur sa tête.

Elle le soulève un instant, et Apo reprend :

– C'est très intéressant pour nous qui n'avons aucun moyen de connaître les limites de l'uni… Hiiii ! De l'univers.

Le professeur cesse d'utiliser son chapeau et félicite Apo.

– C’est beaucoup mieux. Maintenant, il faudrait trouver un moyen pour que tu sois moins nerveuse.

– Je sais ! intervient Lucky.

Elle est assise aux côtés d’Abigaëlle, à l’autre bout de la table, et pouffe en proposant :

– Imagine que les gens sont venus au bal en sous-vêtements !

– Dieu du ciel ! s’exclame Tante Cora, sous les rires des filles. Ne faites jamais une chose pareille !

Et après avoir calmé ses jeunes élèves, elle les invite à suivre la quatrième et ultime leçon qui aura lieu dans le salon…

– Un, deux, trois. Un, deux trois, compte Tante Cora en laissant glisser ses souliers sur le plancher, l'oie Carly dans ses bras. La valse, c'est facile !

– Surtout avec une oie ! commente Abigaëlle, qui se laisse conduire par Apo. Je pourrais danser avec Carly, moi aussi ?

– Voyons ! s'offusque Tante Cora en lâchant le volatile. Tu comptes aller au bal avec une oie, jeune fille ?

– C'est autorisé ? s'écrie Abigaëlle.

– Voyons ! Je plaisantais, réplique son professeur. Ce n'est pas Carly qui apprend la valse, mais vous, mesdemoiselles.

Lucky s'applique, un balai en guise de cavalier. Apo et Abigaëlle dansent avec grâce.

– Bravo ! les félicite Tante Cora, avant d'annoncer en frappant dans ses mains : Vous êtes prêtes pour le bal !

Chapitre 6

Prêtes pour le bal !

Le lendemain, à peine le déjeuner fini, Lucky s'affaire pour le grand soir. D'ici quelques heures, le gouverneur arrivera à Miradero ! Dans le jardin des Prescott, Apo et Abigaëlle ont réservé une surprise à leur amie.

– Oh ! La jolie carriole ! s'écrie Lucky.

– Turo nous l'a prêtée, explique Apo. Comme nous ne pouvons pas monter en selle avec nos robes, nous avons trouvé cette solution pour être conduite par nos chevaux…

– … Sans nous salir ! complète Abigaëlle, excitée par les préparatifs. Tout le monde remarquera notre arrivée !

Lucky admire Chica Linda avec sa crinière bien coiffée, et Boomerang avec des petits nœuds dans les crins.

– Ils sont magnifiques ! lance-t-elle tout en apportant des fleurs pour finir de décorer la carriole.

Mais soudain, une ombre passe sur son visage, tandis qu'elle regarde vers la plaine. Son cheval lui manque, et elle s'inquiète.

– J'aurais aimé bouchonner Spirit avant la fête… Pourvu que tout se passe bien avec la jument de son troupeau ! murmure la cavalière.

Au même instant, dans la prairie, la jument, prête à pouliner, hennit de douleur, allongée sur le sol.

En cercle autour d'elle, Spirit et les autres mustangs l'observent, impuissants. Elle a de plus en plus de mal à respirer, et son ventre est énorme. Le poulain va sortir…

Spirit dresse les oreilles en direction de Miradero. Il a compris ce que lui a dit Lucky l'autre jour. Il a besoin d'elle et, dans un nuage de poussière, il fonce au galop entre les arbres…

À Miradero, trois jeunes filles s'apprêtent pour le bal dans la chambre de Lucky. Le moment tant attendu est arrivé ! Au pied des escaliers de la maison des Prescott, Tante Cora guette fébrilement leur apparition.

– Encore un ruban et nous serons prêtes ! prévient Lucky.

– Vous allez faire votre entrée dans la haute société… jubile sa tante, quand, tout à coup, elle s'interrompt, émerveillée en découvrant sa nièce et ses amies.

Dans sa robe de soie verte, Lucky descend la première, suivie par Apo, toute de jaune vêtue, avec un

adorable nœud de taffetas bleu qui lui serre la taille. Abigaëlle, des jolies tresses encadrant son visage, a revêtu une robe rose brodée de blanc.

– Vous êtes ravissantes ! souffle Tante Cora.

– On vous plaît ? minaude Abigaëlle tandis qu'elle descend l'escalier sans regarder une seule fois ses souliers vernis.

Le professeur ne tarit pas d'éloges face à ses élèves qui s'inclinent maintenant dans une révérence… presque parfaite.

– Vous allez charmer tous les invités par votre grâce et votre élégance !

Apo tourne sur elle-même, ravie.

– Finalement, je m'aime bien avec une robe !

– Et moi, j'ai l'impression d'être une vraie princesse ! jubile Abigaëlle.

Il tarde aux trois complices de rejoindre leurs chevaux.

– Boomerang va-t-il me reconnaître ? s'interroge sa cavalière.

Juste avant de franchir le seuil de la maison, Lucky se tourne vers sa tante et se précipite dans ses bras.

– Merci Tante Cora, lui murmure-t-elle tendrement. Nous ne serions jamais arrivées à un tel résultat sans ton aide.

– Et moi, je suis si heureuse de te revoir habillée ainsi… J'ai cru que j'avais perdu la petite fille d'autrefois maintenant que nous vivons dans le Grand Ouest.

– Mais non ! Pas encore ! réplique malicieusement Lucky.

Toutes deux rejoignent Apo et Abigaëlle devant la maison. La carriole fleurie et ses deux chevaux sont prêts à partir !

– Je serai avec ton père au pied de l'hôtel de ville pour assister à votre arrivée, annonce Tante Cora. Il va être tellement fier de voir quelle charmante jeune fille tu es devenue !

À cet instant, un hennissement les fait toutes sursauter. Un cheval arrive au galop devant la maison.

– Spirit ! s'écrie Lucky.

Chapitre 7

L'appel de Spirit

Le mustang tourne en rond et souffle par les naseaux. Il est très nerveux, et Lucky comprend vite qu'il se passe quelque chose dans la prairie.

– La jument a un problème ! devine la cavalière.

Son cheval tente maintenant de l'attirer vers lui en collant son nez contre ses cheveux pour les attraper avec ses dents.

– Aïe ! crie Lucky. Oui, mon beau, calme-toi...

Elle prévient ses amies qu'il va falloir le suivre. Le mustang frappe le sol de ses sabots en tournant sa tête vers la plaine. Il veut qu'elles viennent avec lui... tout de suite !

– Mais on doit aller au bal du gouverneur ! s'affole Abigaëlle.

– Tu as vu comme Spirit hennit ! insiste Lucky. Il n'aurait pas fait tout ce chemin au galop si ce n'était pas grave.

Abigaëlle concède que danser au bal est bien plus secondaire. Vite, les filles montent à bord de la carriole à laquelle Boomerang et Chica Linda sont attelés. Lucky prend les guides, et glisse à sa tante :

– Spirit a besoin de nous. Je suis désolée... Yah !

– Pas autant que moi... murmure Tante Cora en voyant, inquiète, ses jeunes protégées filer vers la plaine, escortées par leurs chevaux.

Dans la lumière du soir, le convoi contourne les obstacles et fonce entre les sapins. Lucky suit le sillage de Spirit, et enfin, le troupeau des chevaux sauvages est en vue !

– Arrête-toi un peu à l'écart ! crie Apo à Lucky.

Il faut être prudentes. La jument est couchée sur le sol et tous les membres de la harde sont tellement inquiets qu'ils pourraient attaquer les filles en les voyant s'approcher.

– Co… comment va-t-on faire ? lâche Abigaëlle, le souffle coupé par la peur.

À quelques mètres des filles, les mustangs hennissent et se cabrent, formant un barrage qui paraît infranchissable.

– Il faut bien qu'on s'approche de la jument ! lance Lucky, prête à avancer.

Mais à peine a-t-elle fait quelques pas que le mâle gris pommelé fonce vers elle.

– Lucky ! crient ses amies.

Mais Spirit s'est déjà interposé, sabots en avant, prêt à défendre sa cavalière contre quiconque oserait l'attaquer. Les deux mustangs s'observent et se défient. Et au bout

de quelques secondes, le cheval gris s'écarte. La voie est libre…

– Spirit va nous aider à rejoindre la jument, dit Lucky à ses amies.

Une main posée sur le flanc de son mustang, elle marche prudemment, suivie par Apo et Abigaëlle, peu rassurées malgré tout.

– Les chevaux se font vraiment du souci pour la jument, glisse Apo en les observant tour à tour, hennissant et frappant le sol de leurs sabots.

– Moi aussi, je m'inquiète ! murmure Abigaëlle. La voilà !

Vite, les filles courent sur les derniers mètres pour examiner la femelle, toujours couchée sur le sol, hennissant de douleur.

– Le poulain se présente par le siège, annonce l'experte Apo après avoir tâté le ventre déformé de l'animal.

Ses amies ne comprennent pas.

– Il n'est pas dans la bonne position, explique la fille d'éleveur. Cela veut dire qu'il faut le tourner pour que la jument arrive à pouliner.

– Je vais chercher ton père ! s'écrie Lucky.

– Non, c'est trop tard, réplique Apo. Et le troupeau ne le laisserait jamais passer…

Les trois cavalières vont devoir se débrouiller seules pour cette naissance.

Gouverneur

– Tenez la tête de la jument pour l'aider à se calmer, dit Apo à ses amies.

Lucky est tellement concentrée qu'elle en oublie sa peur.

– Tout va bien, ma belle, chuchote-t-elle à la future maman. Nous allons t'aider à faire naître ton bébé…

Mais tout près, les mustangs, de plus en plus nerveux, hennissent et se cabrent. Le mâle gris se précipite pour faire partir les intrus autour de la femelle, mais Spirit ne le laisse pas s'approcher, et s'impose de toute sa puissance. Les filles restent concentrées, malgré la tension palpable entre les deux rivaux qui se mettent… à se battre !

Les coups de sabots pleuvent. Le mustang gris recule et tente de charger quand Chica Linda et Boomerang arrivent en renfort, aux côtés de leur ami Spirit ! Le troupeau se calme enfin.

– J'ai réussi à retourner le poulain, prévient Apo. Abigaëlle, à toi de jouer pour que la jument reste tranquille, et toi, Lucky, viens près de moi…

La jeune fille s'exécute, impressionnée. Elle aperçoit les sabots du poulain, prêt à sortir.

– Nous allons tirer fort sur ses membres antérieurs pour l'aider, souffle Apo. Prête ?

Lucky agrippe ses doigts sur les jambes toutes fines, et se sent capable de tout donner pour réussir à faire naître ce bébé. Soudain, elle voit sa tête !

– On tire encore ! crie Apo.

Dans un dernier effort, les filles sentent le petit corps glisser vers elles, et Lucky bascule vers l'arrière.

– Il… il est sur moi ! balbutie-t-elle, les larmes aux yeux, le poulain blotti sur son ventre.

Abigaëlle se précipite.

– Je n'ai jamais vu un animal aussi mignon de toute ma vie ! s'émerveille-t-elle avec ses amies.

Les trois inséparables de Miradero viennent de vivre un moment incroyable ! Leurs robes de bal toutes sales, elles s'écartent pour laisser la jument lécher les crins de son bébé. Le petit a du mal à tenir en équilibre. C'est alors que Spirit s'approche…

Avec tendresse, il aide le tout nouveau membre de la harde à se relever et à rejoindre les siens.

– C'était génial ! s'exclame Lucky en admirant les chevaux dans le soleil couchant.

– Oui, la mise bas s'est bien déroulée, se félicite Apo. La maman et le bébé se portent bien. Et au fait, comment va-t-on appeler ce poulain ?

– Je sais ! s'écrie aussitôt Abigaëlle.

– Laisse-moi deviner… la taquine Lucky. Roudoudou ? Gingembre ?

– Non ! réplique fièrement Abigaëlle. Gouverneur !

Sous le ciel étoilé, dans les rues enveloppées de nuit de Miradero, trois silhouettes s'avancent vers l'hôtel de ville.

– Dommage, cela m'aurait bien plu d'assister au bal ! regrette Abigaëlle.

– Mais nous pouvons encore y aller ! dit Lucky. La fête n'est pas terminée...

– Tu as vu l'état de nos robes ? s'inquiète Apo.

L'experte en bal leur révèle alors ce qui est le plus important quand on se rend à une telle cérémonie : s'amuser !

– Allez, suivez-moi ! lance-t-elle joyeusement.

Sur les marches de la mairie, Maricela les accueille, offusquée.

– Vous êtes très en retard ! lâche-t-elle. Et vous êtes... dégoûtantes !

– Peut-être, mais nous sommes « invitées d'honneur », rappelle fièrement Lucky.

Et sous les rires de ses amies, elle fait avec elles une entrée au bal... très remarquée !

Fin

Retrouve bientôt ton héroïne préférée dans un nouveau tome de Spirit !

As-tu lu les précédentes aventures de Lucky et Spirit ?

Pour en savoir plus, va sur le site

www.bibliotheque-rose.com

Au galop vers de nouvelles histoires avec
playmobil
DREAMWORKS
Spirit
AU GALOP EN TOUTE LIBERTÉ
NOUVEAU
70121 Mademoiselle Kate Flores et salle de classe
9475 Maison de Lucky
70118 Grange avec Lucky, Apo et Abigaëlle
9478 Lucky et Spirit avec box
70120 La Mèche et Monsieur Carotte avec box
DreamWorks Spirit Riding Free © 2019 DreamWorks Animation LLC. All Rights Reserved.

DREAMWORKS
Spirit
AU GALOP EN TOUTE LIBERTÉ
DÉCOUVRE TES NOUVEAUX JOUETS SPIRIT
DISPONIBLES DÈS MAINTENANT EN MAGASIN !
GIOCHI PREZIOSI
36 CM
COFFRET GRANGE AVEC LUCKY, SPIRIT, POULAIN ET ACCESSOIRES
COFFRET SPIRIT DELUXE AVEC POUPÉE ET ACCESSOIRES
reamWorks Spirit Riding Free ©2019 DreamWorks Animation L.L.C. All Rights Reserved

Table

PAPIER À BASE DE FIBRES CERTIFIÉES

hachette s'engage pour l'environnement en réduisant l'empreinte carbone de ses livres. Celle de cet exemplaire est de :
300 g éq. CO_2
Rendez-vous sur www.hachette-durable.fr

Photogravure Nord Compo - Villeneuve-d'Ascq

Imprimé par Macrolibros en Espagne
Dépôt légal : décembre 2020
Achevé d'imprimer : novembre 2020
62.7470.1/01 – ISBN 978-2-01-712811-3
Loi n° 49956 du 16 juillet 1949
sur les publications destinées à la jeunesse